クリムトのような抱擁

望月苑巳

もくじ

Ⅰ 「抱擁学」入門

Ⅱ　古典の骨格

Ⅲ　蜜のざわめき

I 「抱擁学」入門

クラゲの抱擁

シンと更けてゆく胸の内に
尖った男が住んでいたころのことだ。

部屋の掛け時計が止まっていても
失った人がいれば悲しみの針は止まらない。
夏のひまわり畑で、残酷な黄色が太陽と結婚する時間
喉が渇いて水が欲しくなるほど、青い海原を泳ぎきったあと
クラゲのように抱擁し

たっぷりと恍惚の水に溺れる
それは時間の砂に埋もれた裸体の思想だ。

賑やかで派手なサーカスが、どこか淋しいのはなぜか知っていますか。サーカスのテント裏には、失敗したナイフ投げの名もない弟子や、滑り止めを忘れて落下したブランコ乗りのゴシック体が、紳士のように並んでいるのです。

尖った男が象の調教師で
その昔象に恋したことがあったと、女は知っていた。
振り返ってみれば
人生はすべて借りと貸しからできているということだ。
だから、女は割り切って男を愛したのに
哀しみの時計が針を巻き戻すことはない。

夏の海にいて、なぜ、惨憺たる漆黒の闇を見るのですか。胸の内に深海の流れを見るのですか。あの手のぬくもり、殺気を閉じ込めた頬の陰影。男は嫉妬でほっこりと女の手を食べ始め、女は傲慢な拒絶で男の足を齧ったのです。

夕凪はふたりを繭玉のように包み込み
すなわち原子に帰っていった。
人間は欲望から成り立っているのだから
クラゲの抱擁ほどいやらしく神聖なものはないのだ。

クリムトのような抱擁

ひらひら舞いながら落ちてくる
花びらが宙でむつみあう
やわらかな抱擁を繰り返す
ぼくがもう忘れてしまったかたちのきみ
とろけるような優しさで

クリムトはおもむろに筆をとり、キャンバスの中にムートンのような愛をねっとりと厚塗りした。子供は産みたくないと、ダダをこねていた女は情人に心を裏返されてあっけなく陥ちた。そんなはずじゃなかったと悔やんでみても後の祭り。船は次の港を目指して出航する。その日、地球は悲しいくらい隅々まで晴れ渡っていた。

あの日、木の下で孤独を振り払い
ぼくを抱擁したきみがいる
「ひとりでは抱き合えないのよ」と
白い歯をこぼして
はらはらと、はらはらと
甘くささやいたきみがいる

クリムトは金魚鉢の水がこぼれたら足してあげるだろう。猫のしっぽを踏んでしまったら頭を撫でながら許しを請うし、地球は平らだと主張する奴がいたら頬をひっぱたくだろう。それが良識《コモンセンス》というものだ。振り返ってみれば傷つけあった日々の方が愛おしく感じられるように、絵の具は残酷な色を使う。
それも二重螺旋の良識。クリムトのみだらな良識。みだらな抱擁。

悲しみを心の内側にこぼしてしまった日に限って
弦楽四重奏は哲学的な対話をしながら満ちるのに
音楽が凍りついてしまうのはなぜなのか
そんな日に限って
銀河と銀河の渦巻きが抱き合って
ぼくときみが生まれたりする

ほどけてゆくだけの抱擁

母は朝からほどけている。
猫のルナを抱擁しながら
だらしなく溶けている
レビー小体型認知症と言われても
嬉しそうに
ルナの毛並みを柔らかく嫉妬している。

そりゃあ、あなた、ジャズでいえば二種のトライアード、増四度の併用という禁じ手を使ったからですよ。ルナの毛づくろいを解剖しながら、無精髭をした医師はこともなげにそう診断する。母の人生は不協和音の連続を重ねて暮らしていたのですね。あなたね、人間なんて遅かれ早かれ、猫でも犬でも、それこそ狸でも抱擁しながら狂ってゆくものなんですよ。シロップ漬けのパイナップルを頬張りながら、医師はまた笑った。

じゃれついていたルナが珍しく抵抗をして抱擁を凍らせてしまった日、母がやんわりとルナの首を締め上げていたのを見た

それなのに医者の不養生を絵に書いたように煙草を吸いすぎ、肺がんになってポックリ逝ったその先生は、この世には哲学者なんて無用の長物なんですよ。そら、ごらんなさい、あなたの母は見事にほどけているじゃありませんか。僕が診察するまでもなく、抱擁が終わったら方程式の答えが出るんですよ、

と死ぬ間際まで豪快に笑っていた。

雪の朝
生まれたての愛情が湖のように透きとおったから
母をスープにして
飲んではいけないと
誰が決めたのだろう。
そうしなければ徘徊を止められないと言っていた
医師のポケットからルナが顔を出し
肉球を舐めながら
ほどけてゆく分だけ
ニヤッと笑った。

サフラン色の抱擁

ふいに窓から切り込んできた陽の穂槍が
カーテンにさらわれ
サフラン色のほころびを作る
紫色の凶器がひとつ
テーブルの上の瓶に入っている
昨日は今日の余韻
今日は明日の余白
すると母は

結界の向こう側にいる幻影にすぎないのか

地中海原産のきみが、妊婦をしきりに吐き出しています。ギリシャの彫刻のように彫りの深い息をついて死を吐き出しています。禁じられた処方をしてしまった医師が頭を抱えています。だから言ったでしょう。風通しのよい室内には魔物が住み着いているって――。医師の妻がおろおろと歩き回って妊婦を白塗りにしてしまいました。

それ以来サフラン色の影を
影の母を引きずって歩くようになったぼくは
踏みつけられても蹴られても
泣き言を言わないことにした

寄り道してはいけません。日曜日にさらわれた少年は風に包まれ、サフラン色のほころびになって帰ってくるのですよ。休日の余韻を食べながら母はぼくにそう諭しましたね。暖かいおいでおいでの抱擁に身をゆだねると、ぼくを子宮から引き出したしわだらけの手がぼろぼろと崩れて行きました。それからおいでおいでの甘い罪と、新聞配達の少年がこつぜんと消えた日が重なって、結界を越えてしまうのです。

結界がほどけて
血色の悪いカレンダアがぱらりとはがされて
母は黄金の象に乗って現れる
夢から夢へ渡り歩いたことを咎められ
その象に踏みつぶされる
ぼくが泣き出すと
無常が跳梁跋扈をはじめる

三寒四温の露地裏に黄色が咲き誇っています。珈琲店から出てきたかっぷくのよい男が叫んでいます。俺がルールだ！　しらじらしい人生の手本だ！と。その先には風通しのよい子宮がありました。そしてぼくはそこに戻って行かなければいけないのです。

※サフラン（クロッカス）＝地中海原産。ギリシャでは黄色が珍重されたという。薬として用いられたが妊婦には禁忌とされた。

その夜の抱擁

――エルマンノ・オルミ監督「緑はよみがえる」を観た夜に

安物ブランデーの酔いが醒めるのは
緑色に輝く突撃の朝だ。
影が光の産物であるように
人間は自然界の産物だったのに。
昼の生き物と
夜の生き物が話し合う場所がある
ということを知っているか
鉄条網を張り巡らした戦場に

薔薇を撒き散らしに行く
不条理を知っているか。

兵士の日常は
銃に弾を込めながらあくびをしたり
銃剣で敵の目をえぐったり
故郷に置いてきた恋人を思うことではない。
「幸せな時でなければ歌など歌えないさ」
あす死ぬ兵士が言った
「馬の隣にライオンが寝ていれば
馬は夢をみることなどできないのだ」

命の色とはいったい何色なのだろう。

戦場に届く郵便ほど悲しいものはない
受け取り手は土に帰ってしまったから。
そんな映像を見て現代の若者が笑う
「こんな時代遅れの殺し方じゃ夜が明けちまうぜ」
さっさとこのボタンを押せば済むのにと。
指令室でゲームをやりながら
そうガムを吐き捨て
勤務時間が終わると
兵舎から妻の待つ家へいそいそと帰ってゆく。

ぼくは父の腕に残っている弾の痕を思いながら
呟いてみる
敵とは
銃を向ける相手ではない

温かいベッドで高級ブランデーをすすりながら
若者を戦場に送る者のことだと。
本当の痛みを知った者は
勲章の理由を得意げに語りはしない

その夜、あの兵士は何を抱擁したのだろう。

抱擁の標本

さくらのはなびらにじゃれつく猫
猫の暗闇にぼく
ぼくの骨格に似た無邪鬼がいる
とうの昔に夜店で失ったものがそこにある
柔らかな毛並みを抱くと
温かいいのちがはらりと
夢の外へ逃げてゆく
昨日買った手帳に

その夢を貼りつける
抱擁を貼りつける
喜びの源はぼくの内側にあったと
その時、気づく
いのちの回数券が減ってゆくように
はらり
はら
り
さくらは散る時、宙で背を向けるだけなのに
テロメアは
背を向けないまま
弟の命日にじゃれついたのか
これみよがしに
黙々と目を伏せている散華

一枚落ちるたびに生を願い
死を思う
一枚裏返るたびに
一歳、歳をとり
一歳若返る気がする
その弥生は
人を狂わせるだけに存在するようだ
夢の外の闇だまりにはまりこんで
またさくらと、ダンスに興じている
猫が
腕の中でチコンと標本になっているので
ぼくはつるりと泣きだしてしまう

※テロメア＝命の回数券とよばれる。染色体の先端にあり、細胞分裂を繰り返すたびにこの部分は短くなって、死んでゆく。

月が欠ける前にペンギンが囁くこと

あなたはペンギンの抱擁を見たことがありますか。

ある日母が解体した
時間は罠であり
謎の病だと知って
月が欠ける前に
ぼくは骨を食べることにした
焼きあがったばかりの

母の骨を食べる
感謝しながらうっとりと
カリカリ、シャリシャリと
時々泣きながら気晴らしに遠吠えもしてみる
すると妻が走ってきてやめろという。

ぼくは見たのです。「ダンスの時間」という映画の中で、たがいに体を預けあってうっとりと目を閉じ、無我の境地に達しているその生物を。ぴったりとくっついたそのからだの隙間には、どんなえらい神様も入り込む余地などありませんでした。完全無垢な天地創造の原理もそこには意味がないというように、未来永劫書き変えられない過去がありました。そのとき、こちらの気配に気づいたのか、半開きになったペンギンの目が、「人間にだってできるんだよ」と笑っているようでした。

妻は骨をひったくると
ぼくの首を絞める
ぼくは母の骨の心臓を吐き出してうっとり
食べながらうっとり
吐きながらうっとり
どちらが本当の気持ちなのだろう
欠けはじめた満月が鎌になり
ぼくの首を斬り落とそうとしている。

孤独な手帳から

お母さん
淋しい蚊が寝息の深いぼくを狙っています
でも振り払って助けてくれましたね
蚊だって生とつながりたくて、必死になっていたのに。
松阪木綿の表紙が美しい手帳に
そう書き留めてから半世紀
しんしんと淋しくなりました。

青年を脱ぎ捨て
影まですっかり痩せてしまったぼくは
こうして寒い歳をむかえたのですが
天動説が顔を利かせていた柳通りの縁日で
十円硬貨を握りしめて
金魚すくいに興じたあの夜のユウコちゃんは
どこにいったのでしょう。

父も母も、もう帰ってくるはずがないのに
銀河をゼンマイのように巻き戻せば
淋しい蚊が慌てて線香の渦に巻かれ
クルクルと死に際のダンスをしています
だからあの日の露地裏に
ぼくの血がしたたるダリアが咲いていたのですね

お母さん。

でも青春という熱を出して
正しい骨格をした故郷の祭りは
戻ってくるのでしょうか
水のごとく生きて
風のごとく果ててください
そう乱れた文字で
ぼくの松阪木綿の手帳に書き留めた人。

ぼくは致死量の愛が欲しいだけなのに
孤独ばかりがしんしんと、
抱擁した分だけ降ってきますね
お母さん。

抱擁かぐや姫通信

老いを恐れないで下さい
それは人生のエレガントな
味付けなのですから。

月光の棚を滑って郵便配達人がやってくる
手紙の差出人は
豊饒ノ海大路下ルひぽくらてす街るなびる1F　かぐや姫
父の代わりに封を開けると

まだ生温かい抱擁が折りたたまれていた。

けだるい風と
ぬるい鳳輦が体を通り抜けてゆきました。
それは手からこぼれて
笑っているあなたと
御簾を隔てた二十歳のわたしと
未来という木がぽっきり折れてしまった日の
あの轍が別れ道でしたね。
時間が忘却を手助けするのなら
後悔という名の駅に降り立つこともなかったのに
後悔はやり直せる人だけに与えられる
勲章だったのでしょうか。
かけがえのないもの

最も大切なものを抱きしめることを
抱擁と呼ぶのなら
その輪郭を失ったとたん
あの竹藪も人生もかき消えるのです。

老いてゆくことが美しいと感じられるようになったら
一人前なのですと
締めくくりに
青いインクが希望をにじませて
たった今書いたように踊っている。
頬ずりしてみると
まだ若さがしたたるよう
手紙の宛先は間違いなく父だ、父の秘密だ
竹取の爺

でもその爺は勲章を求めて千年
あの竹藪からまだ帰らない。

七夕の夜、ある抱擁についての考察

偽善たっぷりの
七月の抱擁をほどくと
想い出もほぐれてしまう
織姫と彦星はそそくさと背を向けあった
つかの間の逢瀬も
些細な嫉妬から誤解が生じるものだし
億年続けていれば、そりゃあ誰でも飽きるというものさ二人の仲の懸け橋だった銀河の水も冷え切って、ジャブジャブと億光年先にまでこぼれた。四月にはさくらを省き、四月のいのちを省き、日本の四月のさくらのいのちを省いたせいで、こうして朝から忙しい一日が始まった。

「この世界はどうしてこんなに息が詰まるのか」
まるで人生って
溜息からできているみたいだと
牛を追いながら彦星が嘆いた
二人の仲を取り持った
白鳥座が恨まれた
傍観していた蛇つかいは
蛇を逃がしてしまったとこぶしを上げている
そのせいで水瓶座の水がこぼれて
織姫は着物の裾を濡らしたが笑顔は絶やさなかった

「息苦しいのは他人の顔色ばかり窺って生きているからよ
溜息は希望のかけらだと思ってごらんなさい」

織姫よ、彦星よ、そんなさくらを省いた日のことを覚えているか。いのちを省いた日を思い出してみるか。どんな小さな溜息でも、するだけの理由があるのだよ。抱擁もまた同じ、してみるだけの価値があるのだよ。億年の、また億年先に続いていても、その価値は偽善さえ飲み込んで、七夕の、真実という繭にくるまれてしまうのだよ。

繭の眠りから覚めたら、また抱擁をするがいい
きっと新しい永遠が始まる。

Ⅱ　古典の骨格

寄り道式部

御堂関白・道長は男子禁制の部屋に忍び込み
シェイクスピアを読んでいた式部を
後ろから抱きしめて驚かした。
空には水玉模様の月
月の光にたぶらかされて匂いだした梅
だましたりだまされたりは男と女の定め。

殿方というものは、なんで手練手管ばかり競い合うのかしら頬を染めながら、式部はそんな出来事をノートにしるす。

少女のころはわざとノートを忘れたものだったわ
だって、英語と算数の授業が嫌いで
※頼通さまと、よく教室からエスケープしたもの。
手をつないで百貨店の屋上に上がると
アドバルーンが鯉のぼりに負けまいと泳いでいるので
淋しいくらい青い空が明るくなって

それも今は懐かしい少女時代の寄り道式部。

そんな記憶がたっぷりしみついた
ノートを哀しみのかたちに抱きしめてみる。
夜更けの部屋に

雪の降る音がにじみだしてくる
母さまの匂いがする
大人になってよかったことは何？
母さまと同じ哀しみのかたちを
袖に焚き込まなければ
この部屋から出てはいけないの？
冬明かりの机上
権力争いに明け暮れる男の業を筆先に含ませた。

部屋をいくつも寄り道して
ノートの表紙にやんわり「源氏物語」と
したためて閉じる霜月の朝。

いつの時代か、誰かがこれを読んで

寄り道は女の勲章だったと判ってくれるはず
そう思うと物語は急転直下、完結した。
兄さまのような風が御簾を叩いている。
――また新しい殿方がいらしたようだわ。

※藤原頼通＝関白太上大臣。藤原道長の長男。

睦月にくるまれて

夕立を匂う
実朝の匂う。
やわらかな梨花
その下で夏のような命がながれ
しなだれる。
その日は雪曼荼羅の睦月だったが
小路からは手毬唄が沿うようにながれていた。

花弁から溢れ出すあなたは
いくら絞っても
焦点がぼけてゆくよ
あつもの
思惟の雑踏に踏みにじられ
あつもの
たおやかに舞い降りた
実朝よ。

定家がゆっくりと言葉の弓をひけば。
手毬唄を教えながら
夕立の、しめやかに虹の橋を渡ってゆく。
後鳥羽院の弔辞
どこまでもきなくさい弔辞

春まで待てないと気は遣って。
定家は舞いながらうたう
梨花にくるまれて泣きながら
燃え尽きるよ
水の国から
あなたは言の葉へ。

しらしらと、西行

方丈の窗を開けると
黄泉の都へ帰る雁がねをみた
本の中の幸せと不幸せは食べ飽きたので
それを閉じてしらしらと眠る
一途にしらしらと。
方丈の底から浮かんでくる賢者は
黄泉を往還した旅装を解くが
襤褸の無常はまとったまま

願わくは花のもとにてとろとろと
死ぬことばかりを願っていた。
お前はどこから来てどこへ行こうというのか
何をするのか
などと愚者は愚者の質問を用意するが
己を恥じる暇もなく
賢者は眠りから覚めても
生からは醒めず
うつけのたわごとが口からこぼれてゆく
ほぐれてゆく
春死なむ、と
そのきさらぎは
襤褸を凍てつかせ
月さえ凍てつかせ

黄泉の海さえ凍てつかせたと
話には聞いた
賢者は腥い人生を小脇にかかえたまま
その国から退場し
桜の木の下で眠りについている
しらしらと、しらしらと。

夜のかたち

菊の香をまどろんでいる夜の
目ににじんでいる夜の
耳をすませば
とばりひるがえる夜の
火は痩せてゆく
すぎてゆくものの中にお前の声を聴く。

兄さまが水になられた

腥い虚無の花になられた
星月夜に菊の香をすくって
雲のはたてで
夜のかたちになられた
兄さまはずるい、と。

置いてけぼりをくった式子は
身だしなみを整えて夜を梳く。
良経らの去った部屋は細胞までが軽くなり
歌がはねて

痩せましたね
くれないの庭が暗くなりましたね
入れ換わりにやってきた定家が嫌味を吐く。

菊がざわつく
対人恐怖症がさんざめく
そんなはずはないと
まどろみを捨て去って式子はむきになる
ほてった頬を糸のような雨がなだめる
何もかも嘘だったらよかったのにと。

黒髪の乱れも知らずうち臥せば、物語は閉じられ
指の間からこぼれる星ぼし
君もぼくもいつか星になるだろう
星は思想になるだろう。

かきやりしその黒髪のすじごとに、物語はまた開かれ
夢の中にストンと落ちてゆく

あるのは無我。

※黒髪の乱れも知らずうち臥せばまず掻きやりし人ぞ恋しき　式子内親王
※掻きやりしその黒髪のすじごとにうち臥すほどは面影ぞたつ　藤原定家

囲炉裏の引力

光源氏は快楽に先立つ

＊

人間は生まれ、存在し、自らの行動で決定する
行動には責任がある
と、サルトル先生は教えてくれた

囲炉裏で色づきはじめた男と女
いけません

そんな引力を使っては
いけません
女の芯をはずしてしまったら
夕顔の肌はとろけて
元のホダ火には戻せないのです

トマトをかじりながら
アクション映画を見て勃起する
不謹慎なテロリストのように
実存主義を体得するには
そう時間はかかりませんが
あなたは裂かれたのですか
それとも囚われたのですか

いけません
みだらな行為は
囲炉裏の熱で雪の肌まで溶かしてしまうのです
十二単は
抱きしめられるためにあるのですから
いけません
自らはがれるまで
無理やりはがしてはいけないのです

快楽の囲炉裏に
ホトホトと
ホダ火の明かりが肌を刺し
水になった夕顔のかたわらで
引力に逆らって実存を叫ぶ

光源氏は快楽に先立つ

※J・P・サルトルの有名な言葉「実存は本質に先立つ」による

娘小納言の繰り言

学校から帰るとおさげををほどいて
縁日の人になった
下駄がカタンカタンと少女を主張していじらしい
金魚すくいの成果
ビニールの袋の世界で二匹が突っつき合っている
うっかりとぴちゃぴちゃが
あれ一緒になって大失態
浴衣の花柄にジェラートのシミを咲かせて

娘小納言は大慌て
あれほど夜店に行くなといったでしょ
もうお小遣いはあげません
お母様にそう叱られてしまうわ
同級生の小式部もつられて泣きべそ
祭囃子のつぶてを背に受けて
一目散に家の人になった

はて面妖な
都大路に祭囃子の音色とは
近頃とんと足腰の弱った御堂関白※は
「うん」と立ちあがって御簾を上げ耳をそばだてた
夏の夜の月は妖しい花の香を突きぬけて
墨染の袖にしみわたる

姦計で蹴落としたライバルは数えきれぬが
怨みつらみなど怖いものか
顔を池の月に浮かべてニヤリと笑う
白髪交じりの髭が逆八の字になる
彰子が我が孫を産み
外戚を祝う宴の余興に
この世をば欠けたることもなし
望月の、と歌ってみれば
あとはカンラカラカラ
煌々と都の甍を燃えあがらせた

娘小納言は裏口から滑り込んだ
お母様に見つかりませんように
浴衣を脱ぎ、丸めて洗濯機に放り込む

証拠隠滅の一部始終を見ていたのは
ご先祖様の写真のみ
御堂関白様どうか見逃してください
お母様には内緒にしてくださいね
娘小納言が理科系の痩せた手を合わせる
欄間の写真がニッと笑った
姦計は家系よ、といわんばかりに

※藤原道長「この世をばわが世とぞ思ふ望月の欠けたることもなしと思へば」

式部の身の上

昼の月を折る
甍の上の虚構を折る
ペーパームーンね、と笑う
その人の心を折る
遠くから歌がひとつ
手鞠のように
耳元にころがりこんでくる
あなたは何でも折ってしまうのね

それならば、棘だらけのあの歌も折れるのでしょう
と、優しく残酷に笑う。

〽かーごめかごめ、かーごのなーかの鳥は
手際よく折ると
籠の中の歌はブラックホールのように
もう、そこから抜け出せない

人生は迷宮からできているんだよ
それがたとえ薄の穂先や
誰も住んでいない廃寺の中
あるいは、父母の血族が途絶えても

あら、鳥が可哀想

私と同じ身の上ね

骨のように細い筆で
その人は書き終えたばかりの
夢の浮橋に自分を閉じ込めた
関白様の誘いをていよく断った証として。

※「紫式部日記」に藤原道長からの誘いをうまくはぐらかした、という記述があることから紫式部は道長の妾ではなかったか、という説がある。

百人一首が濡れて

垣根越しにどこからか聴こえてくる
ピアノの音をほどいて背中を軽くする
なまぐさい世界に通じるのはこの夕焼けか
アゲハ蝶のようにひらひらと
定家は筆をひるがえして、そう思う
からだの中から湧いてくるのは
凧揚げやベーゴマ、チヤンバラごっこ
すべて後鳥羽院に取り上げられてしまった

子供のころの遊びばかり
薄っぺらい矜持だけは守ったが
いやいや、戦だけはいかん
魂の輪郭までなくしてしまうから、と
定家はさりげなく呟いてみせる
伊勢のおいしそうな首筋を思い出して
ゾクリ

難波潟みじかき葦のふしのまも

歌比べをしたのは
あの人の声が陰った時だ
勾欄の影が匂った時間だ
さりさりと悲しみの粒が湧いてきて

草深い里へ夫と帰っていったから
ことさら後ろ髪ひかれるのか
逢はでこの世をすぐしてよとや

百人一首を選びながら
ピアノの旋律をなぞって
定家の呟きは
短調に濡れたままだ

サクラを散らす夕暮れ

夕暮れの風　りん
寂しすぎる音がまたひとつ　りん
鎖骨の上を傾いてゆく
夕暮れというだけで
寂しいのに
りん　と鳴るたびに
死者を呼び覚ますようだ

墓下へ舞うサクラ
西行は息を飲む
あるいはまだ訪れない
梅雨は払いのけて
願わくは
即身仏が木の下にうずくまり
サクラを身にまとうことと
贅沢な夢を叶えること
抱擁したまま添い遂げること

定家殿は余情を肯定されたが
どこまで冗談で済まされるのか
紅旗征戎はそこまでせまっているのに
なぜ私を認めないのか

こんなはずではなかったのに

また西行は手をかざして
墨染めの殺意を
ふところに隠した
殺意を濡らす雨はあがった
夕暮れが
サクラを散らしている

Ⅲ　蜜のざわめき

そしてぼくはカメレオンになる

遠近法を無視した家族がいて
すっかりしなびていて
首を吊ったり
ぽったりうちへ帰れなくなった人がいて
出口をぬりつぶしたぼくを誘っている。

入口があるから
出口があるとは限らないのが人生だと

家系の本が教えてくれる
本を閉じる
ぼくがいる。
晴れの時間は
曇りや雨の時間の飾り付けにすぎないし
猫が子供を産んだことと
ぼくが死ぬこととの関係を式で表せないように
この世は理不尽の飾り付けでできているらしい。

君は泣く魚を見たことがあるか
毛皮を脱ぎ捨てた熊を見たことがあるか
裸になって解ること
羞恥心、孤独感、寂寥感
それにちょっぴり塩加減の効いた

自虐体質になったりする
ぼくはカメレオンだ。

むかしむかし、子供はみんな空を飛ぶことができたんだって
雲やお日さまとおしゃべりができたんだって
大人になると、汚らわしいものを捨て去るように
そのことを記憶からはみ出させてしまうんだって
そんなこと、信じるかい。
世界中が家族だったなら
心配事は天文学的に増えるだろうが
戦ばかりする代わりに親しみが湧くはずだ
首を吊ったり
家に帰れなくなる人はいなくなる
遠近法を無視する家族はいなくなるだろう。

ぼくが、そしてカメレオンになれば。

宇宙人を飼育する

朝の上に朝が重なって
出てくる言葉がある。
「おはよう」でもなく「こんにちは」でもなく
あすも朝がくるの？
朝が売り切れたらどうするの？　である。
ぼくが大人になって
裏返しになると
世界も裏返しになる

内側から皮膚がめくれてきて
いつの間にか反物質みたいにはれつする
朝がはれつしたら、この世は
もう二度と朝がこなくなる。
はれつしたら
ぼくの好きなじいちゃんも、ばあちゃんも
消滅してしまう
それなら嫌だ。
そこで、ぼくは裏返しになることをやめて
子供に還る。
ふつうの向日葵に戻って
朝一番で、太陽の生気を吸い込んでいる。
そんなぼくを見て
公園の子どもたちは「宇宙人みたいだ」とはしゃぐ。

でもぼくは正真正銘の地球人なのだから
値引きはできない。
結局ぼくは、
パクパクと汗を流しながら
ぼくを飼育しているのである。

テーブルの下の二十一世紀

テーブルの下に林檎はなかった。
そこは父が帰ってくるとぼくが必ず隠れる場所だった
その日は陰気に散らかっている
新宿駅のプラットホームのようだ。
代わりに友達が忘れていった紙鉄砲
糸が絡んで使えなくなったヨーヨー
ひっくり返ったスリッパの片方と
人を刺してきたばかりの

たっぷり血を吸って花柄模様になった
出刃。

ポンと軽く手を叩くと
そこは時間の水平線になる。
空と海の境が見えないので
足を踏み外しそうになる。
意思を失くした林檎が
海馬の海にプッカリホッカリ浮いている。

少しだけ酸味を強め
酸っぱくなった分だけ人生の道理を分解した気がして
愉快になる
体積が増えた分だけ

地球の水が溢れだす。
慌てて弟が泳ぎだしたので
洪水が起きる
優しいテーブルの下の出来事だ。

ぼくはつまらない夢を見たものだと呆れながら
テーブルの下に転がっていた林檎を齧る
猫のアルテミスが笑って見ている。
笑わないとお仕置きが待っているから
いつからテーブルの上下が引っくり返ったのか、分からない
クラインの壷がころがっているだけ。

午後の林檎は柔らかいので嫌いだ
時間の軸を失って

芯から腐り始めるから。
テーブルの裏天井には
林檎のように血をまぶした
父の頭がぶらさがっている
アルテミスがその血をおいしそうに舐めている。
ぼくの友達は新しい玩具を見つけて喜んでいる
「ママ、見て見て」と手足をばたつかせている。

二十一世紀のテーブルの下はとてもつらい。

蜜のざわめき、哲学の罠

三毛猫が縁側でひなたぼっことしゃれこんでいる
自慢の足を舐めながら、女たちの話に聞き耳をたてている。

蜜をすくわれると
ねっとりした恍惚が腰骨の芯を貫いたわ
息を充填する間もなく思わずのけぞって
だらしなく胡桃が割れて
はじけてしまったの

我慢できなくなって
肌が草むらを人型に臥せるまでざわめいたわよ。

三毛猫は驚いたように
女の艶めいた声にビクリとはじけて
それからまた、何事もなかったかのように
再び毛づくろいを始める。

そうそう、お尻の下のシルクロードを
男が必死で辿るのって見ものよね
あなたも挑発してみなさいよ
乳首を隆起させて
ちょっとだけ声を発光させればいいのだから
新しい想像は新しい発見に繋がるのよ。

アハハと、ふたりの女は口を押さえて笑う
これは哲学書の一章にすぎない
茶飲み話にしては軽すぎるし
褥の話にしてはみだらすぎるから
きっと言葉を去勢して
結末から話す人が嫌われるのを知っているから
このぬるい哲学書に
あっけらかんと濡れて辿り着くのだ。

女たちよ
帰り道を喪失した人が
町角をうなだれて徘徊するように
悶えるのはよしてくれ

暮れてゆく恍惚は部屋の中で静かに屈み込むものだ
せめて匂いだけでも帰り道にほっておいて欲しい
そうすれば、もう
ゴドーを待つこともないだろう。

三毛猫は呆れたような顔をして
夕暮れの縁側で丸くなっている。

※サミュエル・ベケット「ゴドーを待ちながら」

女族のりんご

女をくり抜いて
甘い言葉をくり抜いて
子供らを産む女族
深い痛みの底には
男族への、血だらけのカミソリが一枚
潜んでいることを知らないのですか。
種を省略して
生まれてきたりんごを齧る

悲しみを知らないのですか。

種がなくても、生まれるという不条理
その穴をくり抜いて
ＤＮＡの螺旋階段を駆け上がると
りんごの味は薄くなる
ということを知っていましたか。
だからまた
空気がなくても生きていられる藻のように
疎まれる存在だということを。

口の中がりんごの木になっています
しかし、種のないりんごなら
口の中でも枝を張ることができるはず

そう考えた途端
ゾッとして吐き出すもの
理不尽な手術道具
地球のかけら
それとも、男族の傲慢。

生殖という手続きを強要するなら
あえてあなたを省略しましょう
それでも産まれてくる子は
図鑑に載らないまま
泣いて暮らすことでしょう。

そうそう、昨日花屋の店先で
しゃれこうべを買いました

南の島の洞窟でひっそりと咲いていた花と
同じしゃれこうべです
産まれるまで白いりんごを齧っていたとか
あなたの見舞いにはピッタリだから
フラワーバスケットにひそませて持っていきますからね。
りんごの芽が出たベッドに。

晴れた日にこそ、恋せよ乙女

いきなり空の群青を吸い込んで
現れた君がスカートを翻し
目の前でとんぼ返り。
いつ吸い込んでも気持ちがいいねと
澄み切った空を弄びながら
明日へ見事な宙返りするのだ。

恋せよ乙女

ヌルリと陽の手に撫でられ
面食らったぼくは
慌てて情熱玉を吐き出してしまった
いつか君に告白しようと隠していたやつだ。
それはコロンと転がって
非情にも足元でウルウルしている。

——危ないなあ、そんなことしたら空に穴があくじゃないか
突然現れた警備員のオジサンに叱られた
——これだから近頃の若いモンは困るんだ
行儀作法を知らなくて、と嘆き
顔を玉石混交にしてしかめる。
その間に君はまたとんぼ返り

人混みを隠れ蓑にして
サヨナラも言わずに消えた。
それにしても、吸い込んだ青空をいつ吐き出したのか。

恋せよ乙女

雲を掃除して陽が丸坊主になって
スミマセン、お騒がせしました、もうしません
座椅子のようにぼくが縮こまっていると
階下からバーゲンセールの喧騒な声が。
――あのオバサンたちも整理整頓せにゃならんな
ぶつくさと警備員のオジサンが猫背を見せた
雲の上で揚げひばりが息抜きをしているので
もんどりうって

ぼくは恋せよ乙女と、呟くしかなかった。

脱走スリッパ

真夜中にスリッパが脱走した
魔女のホウキが追いかけ
すぐスリッパラックに戻されたが

スリッパは理想の友人
スリッパを履くと心が落ち着く
スリッパは嘘をつかない
第一誰も裏切らない

裏側に天敵のチューウインガムをくっつけても
怒らないし
剥がせば文句ひとつ言うじゃなし
「バカ」と落書きされても
そのまま逃げだせば
たちまち物笑いのタネになるのを知っている
賢いのだ

ある日、洗ってやったら
「そうですね、いくら貧乏だと言っても
だから汚くていいということにはなりませんよね」
と言って感謝されたことがあったな

またある、政治家が訪れた日

甘い裏切りを
ギザギザの戦車が履きかえて
国を亡ぼしたことを知っている
だからぼくは決して
スリッパを履きかえたりはしないし
今夜も脱走する
スリッパを応援している

ときのはなびらの

寂寥にまとわりつく午後
ときのはなびらの
はなたれ
肌はやわらかくひたす

互い違いに水のながれてゆく
はなびらいかだ
棲みかはかすむだけの果ての春

ゆくえはおまえの春

帰ってゆくか
信じてゆくか
おまえしだいのうるおいは
叩きつけるひとよのかぜに狂えるか
ひとよひとよ

互い違いのこころへながれてゆく
かこはときのはなびらはがし
すえに思う熱いはだの
さようならと語らって
どこまでもせきりょうなひとよ

キリンのため息

動物園の空がピンク色に染まってる
それはきっと、フラミンゴがあくびをしたせいだろうと
父が片目をつむっていった。
そんな非常識がまかり通るなら
動物園が動物園ではなくなるし
それに繋がる地球も地球でなくなるのよ
賢い母が反論した。
ぼくにはどちらがただしいか判らないので

行って確かめることにした。
ライオンは足を舐めながら故郷の土の味を恋しがり
ゾウはパオと鳴いて
母親の鼻に巻かれたことを思い出した。
それならサルは猿回しをしていた元気な頃を思い出して
空中で三回転してみせるのかい
ぼくはぼくの目でみたことしか信じないと言った。
するとキリンがぼくを見ながら
大きなため息をついた。
その理由を聞くと
体の網目模様が大嫌いなのだという
そのみっともない模様のせいで
母に捨てられたのだと泣いた。
動物の世界にも子育て拒否があるなんて

隣の池端ではホモサピエンスのエゴを飲み込んだ
フラミンゴが浄化作用でできた飴玉を吐き出している。
その飴玉はオゾン層に引っかかり
夕方には溶け出し、網目になって降ってきた。
それがキリンの首にからみついて
マフラーになったというわけだ。
キリンの母親は自分も同じだということを知らない。
「フラミンゴに飴玉を与えないでください」
無知なホモサピエンスの書いた
立て札がキリンのため息で揺れている。

クリームシチューの夜

男も女も
虚勢を張って生きている
斜めの時代
光も逃げ出せない行き止まりの露地
雪がカラカラと笑いながら
その家の窗を驚かしている
隣家でコトコト語りだした
クリームシチューの湯気がうっかり

向かいの奥さんの秘密を剥き出しにしてしまう
「あら、ごきげんよう。雪はようやくやみましたのね」
ガラス窗越しに見られてしまった情事を
買い物袋に押し込んで
しゃあしゃあとシラを切り帰って行く
度胸のよさに唖然
「したり、私としたことが上手の手から水をこぼしたわ」
ホホと笑った顔にそう書いてある
秘密を剥きだしたお鍋の湯気が
斜めになった心の虚しさを凍らせる
カラスの夫婦が仲良く水墨画の空を横切り
捨て猫のように露地の隅で獲物を狙っている
新しい悲しみの底には
古い三角関係の悲しみがあるのだ

向かいの奥さんは
きっと家に帰るなり
しらじらしく宣言するだろう
「あなた、今夜は愛情たっぷりのクリームシチューよ」

息の輪郭

そのひとの息の輪郭に
ふるさとが凍っている
立春より先に雪ばかり降るので
しきりに人を恋しがっていた土間の藁人形も
ついに縮こまって
待ちきれずに心まで凍りついている
透明な闇が不条理な鎌をかまえたまま
扉を開けて入ってくる

その暖炉に
暖めるほどの国境はあったか
めくるめく人の熱い思いはあったか

その夜みぞれは
小さないのちをさびしくした
なで肩の
辻地蔵にした
みぞれの本質にした
そのひとの輪郭で

ひと夜また
醒めかけた夢の中で

その小さないのちは
雪のはなびらになっていた
枯れていく時代の端で佇んでいるだけの
魂の負傷兵としての
はなびらだった
あわい息のはなびらだった

あとがきという愚痴

言い訳をする気はないが、「今なぜ藤原定家なの？　式子内親王が出てくるの？」とよく聞かれる。もちろん現代へのアイロニーを込めたつもりだが、体よく言えば平安時代の世相とのギャップを面白がっているだけなのだ。これを隣の鈴木さん、お向かいの佐藤さんに置き換えて読んでいただいてもなんら差し支えない。

もう大昔のこと、幸運にもＨ氏賞の候補になった「増殖する、定家」と「紙パック入り、雪月花」という詩集からちっとも進歩していないじゃないかと、知っている人には怒られそうだが、自分では進化していると自負している。

小学生高学年のころ、学校の前に貸本屋さん（いまは知る人も少なくなってしまったが）というのがあって、「第10番惑星」とか「火星から来た少年」といった子供向けのＳＦ小説にのめり込んでいたことがあった。星座盤と夜空をにらめっこしながら心躍らせていたロマンチストの少年だったのである。

手品には必ずタネがある。私の詩がよくトリップするのは幻覚剤のせいではなく、この子供時代の影響が大脳皮質に残っているせいかもしれない。そのなれの果てだと考えていただければ幸いである。

また、世界中ではいまだに戦火が絶えない。翻ってみれば国内でも「いつか来た道」へ戻ろうとするキナ臭い政治家がカオスを産み出している現実がある。こんな時代だからこそ少しでも人間性を取り戻すために必要な触れ合いを再発見する、という意味で「抱擁学」を提唱してみたのだ。今必要なものこそスキンシップなのではあるまいか。

7年ほど前「ひまわりキッチン~あるいは　ちょっとペダンチックな原色人間圖鑑」という詩集を出したときも、これが最後になるのではないかと考えていたが、今度こそ本当におしまいになりそうな気がしてならない。自分にとっても愛おしい詩集である。それだけに、わが師・安西均さんに読んでいただきたかったなぁ。

望月苑巳

2018年10月末日。

〈初出一覧〉

Ⅰ　「抱擁学」入門

「クラゲの抱擁」	孔雀船 85	2015・1・15
「クリムトのような抱擁」	孔雀船 86	2015・7・15
「孤独な手帳から」	孔雀船 87	2016・1・15
「ほどけてゆくだけの抱擁」	孔雀船 88	2016・7・15
「サフラン色の抱擁」	樱尺 41	2016・10・20
「その夜の抱擁」	アンソロジー「戦争を拒む」	2016・11・3
「抱擁の標本」	孔雀船 89	2017・1・15
「月が欠ける前にペンギンが囁くこと」	孔雀船 89	2017・1・15
「七夕の夜、ある抱擁についての考察」	孔雀船 90	2017・7・15
「抱擁かぐや姫通信」	孔雀船 92	2018・7・15

Ⅱ　古典の骨格

「寄り道式部」	孔雀船 79	2012・1・15
「睦月にくるまれて」	孔雀船 82	2013・7・15
「しらしらと、西行」	孔雀船 83	2014・1・15
「夜のかたち」	交野が原 76	2014・4・1
「囲炉裏の引力」	孔雀船 84	2014・7・15
「娘少納言の繰り言」	孔雀船 85	2015・1・15
「式部の身の上」	孔雀船 87	2016・1・15
「サクラを散らす夕暮れ」	孔雀船 91	2018・1・15
「百人一首が濡れて」	孔雀船 92	2018・7・15

Ⅲ　蜜のざわめき

「そしてぼくはカメレオンになる」	交野が原 70	2011・4・20
「宇宙人を飼育する」	孔雀船 79	2012・1・15
「テーブルの下の二十一世紀」	ココア共和国 10	2012・7・7
「蜜のざわめき、哲学の罠」	孔雀船 80	2012・7・15
「女族のりんご」	交野が原 73	2012・9・9
「晴れた日にこそ、恋せよ乙女」	孔雀船 81	2013・1・15
「脱走スリッパ」	交野が原 78	2015・4・1
「ときのはなびらの」	未発表	
「キリンのため息」	交野が原 79	2015・3・14
「クリームシチューの夜」	交野が原 80	2016・4・1
「息の輪郭」	北奥気圏 13	2018・4・30

『クリムトのような抱擁』

二〇一八年十月二十五日　発行

著　者　望月　苑巳

発行者　知念　明子

発行所　七　月　堂

〒一五六―〇〇四三　東京都世田谷区松原二―二六―六

電話　〇三―三三二五―五七一七

FAX　〇三―三三二五―五七三一

ISBN 978-4-87944-341-0 C0092